Le Bal

d'Irène Némirovsky

lePetitLittéraire.fr

Analyse de l'œuvre

Par Dominique Coutant-Defer
et Florence Balthasar

Le Bal

d'Irène Némirovsky

Rendez-vous sur lepetitlitteraire.fr et découvrez :

Plus de 1200 analyses
Claires et synthétiques
Téléchargeables en 30 secondes
À imprimer chez soi

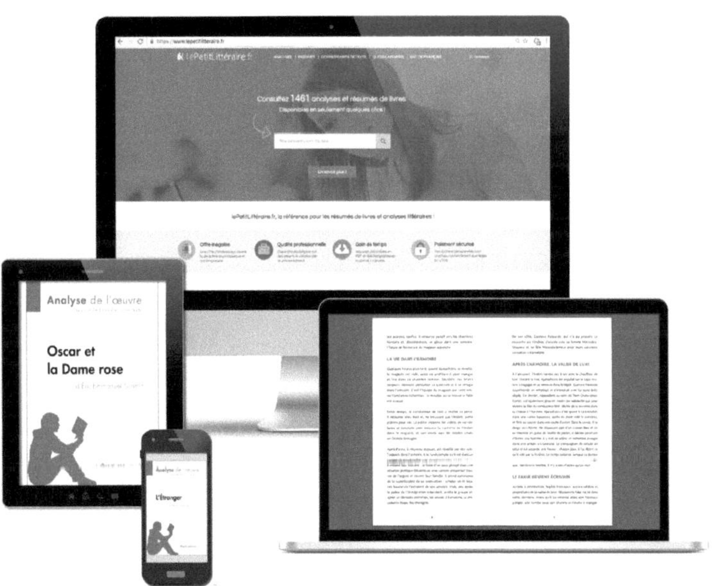

IRÈNE NÉMIROVSKY

ROMANCIÈRE RUSSE

- **Née en 1903 à Kiev (Ukraine)**
- **Décédée en 1942 à Auschwitz (Pologne)**
- **Quelques-unes de ses œuvres :**
  - *David Golder* (1929), roman
  - *La Proie* (1938), roman
  - *Suite française* (2004), roman paru à titre posthume

Née à Kiev, Irène Némirovsky commence à écrire très tôt en français et rédige de nombreux romans et nouvelles (*Le Malentendu*, 1926 ; *L'Enfant génial* [renommé *Un enfant prodige* en 1992]) à dominante souvent autobiographique.

Contrainte à l'exil suite à la Révolution russe (1917), elle s'installe à Paris avec sa famille en 1919. Elle connait la célébrité à partir de 1929 avec son deuxième roman, *David Golder*, et devient l'égérie du milieu littéraire parisien. Mais ses origines juives l'empêchent bientôt de publier sous son nom. Elle est déportée et meurt en 1942 au camp de concentration d'Auschwitz.

Nombre de ses œuvres paraissent après sa mort. Elle recevra d'ailleurs en 2004 le prix Renaudot à titre posthume pour son roman inachevé *Suite française*, qui décrit l'exode d'une partie de la population française, fuyant devant l'armée allemande en 1940.

LE BAL

LA VENGEANCE D'UNE FILLE

- **Genre :** roman
- **Édition de référence :** *Le Bal*, Paris, Hachette, coll. « Bibliocollège », 2005, 125 p.
- **1ʳᵉ édition :** 1930
- **Thématiques :** adolescence, enfance, ascension sociale, bourgeoisie, famille, vengeance

Le Bal parait en 1930. Ce court roman évoque la relation difficile d'Antoinette Kampf, âgée de 14 ans, avec sa mère qui la repousse et l'humilie sans cesse. Cette dernière est uniquement préoccupée par sa soudaine ascension sociale, due à un important gain en Bourse de son mari. Mᵐᵉ Kampf décide, pour exhiber son nouveau train de vie, d'organiser un grand bal auquel Antoinette rêve d'assister, malgré le refus de sa mère. Dépitée après avoir vu sa gouvernante en compagnie d'un homme, alors qu'elle-même se morfond dans la solitude et rêve d'amour, la jeune fille jette dans la Seine les invitations au bal qu'elle était chargée de poster…

RÉSUMÉ

CHAPITRE I

Mme Kampf entre dans la salle d'étude de sa fille Antoinette et lui fait des reproches sur ses manières. Elle réprimande également la gouvernante, Miss Betty. L'adolescente de 14 ans n'ose pas s'opposer à sa mère : « Elle redoutait ses parents depuis sa toute petite enfance. » (p. 8) Elle se rappelle le peu d'affection qu'elle a reçu et les remontrances perpétuelles qu'elle a endurées.

Mme Kampf annonce qu'elle va donner un grand bal. Antoinette se remémore alors le passé familial misérable, dans une rue populaire de Paris, jusqu'à ce que son père, Albert Kampf, employé à la Bourse, fasse subitement fortune en 1926 en réalisant une fructueuse opération qui a permis leur déménagement dans un luxueux appartement. Mme Kampf encourage sa fille à rester discrète sur leur passé et la prévient ensuite qu'elle devra rédiger deux-cents invitations pour le bal.

CHAPITRE II

Le soir, Antoinette rejoint exceptionnellement ses parents au salon pour écrire les cartons d'invitation au bal. Les époux discutent du choix des convives et font des allusions indiscrètes et parfois salaces à leur vie privée. Ils comptent recevoir des aristocrates et des hommes d'affaires, le plus de beau monde possible. Mme Kampf veut également inviter sa cousine, Mlle Isabelle, la professeure de musique d'Antoinette, pour étaler son luxe. La jeune fille déteste cette dernière.

Antoinette insiste pour assister au bal, ne serait-ce qu'un quart d'heure, mais sa mère refuse violemment : « Cette gamine, cette morveuse, venir au bal, voyez-vous ça !... », s'exclame-t-elle ironiquement (p. 31). Après que le père a tenté en vain de calmer son épouse, celle-ci envoie sa fille se coucher.

CHAPITRE III

Au milieu de la nuit, Miss Betty essaie de consoler Antoinette qui pleure dans son lit. La jeune fille ne parvient pas à s'endormir et ressasse ses malheurs : la malchance de vivre avec ses parents qu'elle traite de « nouveaux riches, grossiers, incultes... » (p. 34), l'acharnement de sa mère à l'habiller de manière à ce qu'on ne la remarque pas, etc. Elle souhaite mourir, puis se raccroche à l'idée du bal, où elle rêve de paraitre éblouissante à côté de sa mère qui aurait « l'air d'une cuisinière » (p. 38). Elle se met à espérer en l'avenir et rêve d'amour en pensant qu'elle aura bientôt l'âge de la Juliette de Shakespeare (dramaturge anglais, 1564-1616).

CHAPITRE IV

Le lendemain, au petit déjeuner, Mme Kampf charge la gouvernante de poster les invitations et remet à Antoinette celle destinée à Mlle Isabelle, avec qui elle a un cours dans la journée. Lorsque Miss Betty dépose Antoinette devant la porte de Mlle Isabelle, la jeune fille surprend sa gouvernante disparaitre dans un taxi et s'imagine, jalouse, qu'elle va rejoindre son bienaimé.

En recevant son invitation, Mlle Isabelle est surprise et un peu jalouse de Mme Kampf, mais promet de venir. La leçon de piano commence ensuite. Antoinette détaille la laideur de l'appartement, tandis que son professeure la questionne sur les invités du bal. Antoinette demande à quitter le cours cinq minutes plus tôt, espérant surprendre Miss Betty (qui doit venir la chercher) et son amoureux. La gouvernante arrive effectivement au bras d'un jeune homme qu'elle présente, très gênée, comme son cousin. Miss Betty envoie Antoinette poster les invitations à sa place afin de pouvoir embrasser son compagnon tranquillement. Folle de jalousie à la vue de ce couple amoureux, la jeune fille déchire toutes les enveloppes et les jette dans la Seine.

CHAPITRE V

Le soir du bal arrive. Mme Kampf, très agitée, dirige les préparatifs avec autorité. Elle avertit sa fille et la gouvernante que leurs chambres sont occupées pour la soirée et qu'elles dormiront dans les pièces de service. Elle rabroue vivement Antoinette, qu'elle juge encombrante, et son mari, trop lent à son gout.

M. Kampf s'étonne de n'avoir reçu aucune confirmation de la part des invités. Son épouse avoue ne pas être au courant des usages dans ce genre de situation.

Lorsque tout est prêt, celle-ci se rend dans sa chambre pour se préparer et se désole amèrement devant son miroir : « L'argent, les belles toilettes et les belles voitures, à quoi bon tout cela s'il n'y avait pas [...] un beau, un jeune amant ? » (p. 63) Elle termine sa toilette en se couvrant de nombreux bijoux.

CHAPITRE VI

Miss Betty installe Antoinette pour la nuit. La jeune fille est très angoissée des conséquences de son geste : « Toute la semaine, elle avait attendu une catastrophe qui engloutirait le monde à temps pour que rien ne fût découvert. » (p. 68) Elle se moque cependant que la faute retombe sur Miss Betty, qui a menti en confirmant avoir posté les invitations. Lorsqu'elle traverse le corridor richement décoré où s'entassent les victuailles, elle remarque que les domestiques rient sous cape de cet étalage ostentatoire de luxe.

À 22 heures, le premier invité s'annonce : c'est Mlle Isabelle. Mme Kampf refuse qu'on dérange la table pour lui servir du caviar. Elle commence à s'inquiéter du retard des autres convives. Pour passer le temps, M. Kampf danse avec Isabelle tandis que son épouse guette nerveusement les fenêtres. À 23 h 30, hystérique, elle déclare : « Il n'y aura pas de bal, il n'y aura rien. » (p. 82) Isabelle se retire, désolée. Le couple s'insulte alors violemment, se rejetant mutuellement la faute. M. Kampf quitte la maison, et son épouse arrache tous ses bijoux. Antoinette assiste à la scène avec indifférence : « Comment peut-on pleurer ainsi, à cause de ça... Et l'amour ? », se demande-t-elle (p. 87). Elle s'approche de sa mère : celle-ci la rabroue, puis finit par déclarer, vaincue, qu'elle a sans doute été la victime de gens qui la méprisaient de ne pas être de leur monde. Elle prend alors sa fille dans ses bras et murmure : « Je n'ai que toi [...]. Tu es une bonne fille, Antoinette... » (p. 89)

ÉTUDE DES PERSONNAGES

ANTOINETTE KAMPF

Antoinette Kampf est une adolescente « longue et plate [...] », de 14 ans (chapitre I). Malgré les changements visibles sur son corps, sa mère la traite comme une enfant qu'elle n'a de cesse de réprimander. Habituée aux remontrances, Antoinette les accepte sans broncher, mais n'en pense pas moins : ses réflexions révèlent petit à petit son caractère. La jeune fille est lucide, révoltée, mais aussi caractérielle et cynique. Ce dernier trait de caractère apparait assez tôt, notamment lorsque sa mère lui fait remarquer qu'elle tient mal sa fourchette, les pensées d'Antoinette laissent alors transparaitre son agacement et son ironie.

Au fil du roman, le lecteur découvre que la révolte d'Antoinette vient, entre autres, de sa répulsion pour le nouveau milieu dans lequel sa famille évolue.

C'est également une jeune fille pétrie de romantisme. « Dans ses rêves, [elle était] une femme aimée et belle » (*ibid*.), à l'instar des héroïnes de roman. Au moment où elle découvre sa gouvernante au bras d'un jeune homme, la jeune fille se demande : « Pourquoi pas moi ? » (chapitre IV) « Comme une femme jalouse » (*ibid*.), toute la haine contenue en elle explose : elle décide de se venger des adultes qui lui pourrissent la vie.

Sa vengeance est cinglante : elle gâche le bal organisé par ses parents en ne postant pas les invitations. Face à cet échec, les parents d'Antoinette se disputent, et sa mère se rend compte de ses erreurs. Elle tombe dans les bras de sa fille.

Mme KAMPF

Rosine Kampf est une ancienne dactylographe. C'est une femme directive et cassante avec son entourage et ses domestiques. Ses relations avec sa fille en pâtissent énormément et semblent ainsi donner lieu à un conflit perpétuel fait de brimades, de reproches, voire d'insultes (« cette morveuse », chapitre II).

C'est pourtant une femme de cœur qui a épousé, envers et contre tout, l'homme qu'elle aime. Sa famille s'est d'ailleurs brouillée avec elle « parce [qu'elle] avai[t] épousé un Juif », tandis que d'autres « prenaient avec [eux] un petit ton protecteur parce qu'ils étaient plus riches » (*ibid.*).

Lorsqu'elle accède subitement aux classes supérieures de la société, elle cherche à tout prix à appartenir à ce monde. Elle se rend parfois ridicule, ce dont elle a conscience : « Je dois être ridicule, pensa brusquement Rosine en apercevant dans la glace sa figure empourprée, ses yeux égarés, ses lèvres tremblantes. » (chapitre V)

Rejetée par sa famille, Rosine est obsédée par l'envie de prouver la valeur de ses choix et d'être acceptée dans le monde où elle évolue désormais. Cette obsession la rend aveugle aux changements que vit sa fille, alors en pleine adolescence, et la rend d'autant plus sévère et sèche.

Le fiasco du bal permet à Rosine de se focaliser sur les choses essentielles, comme sa fille à laquelle elle accordera dorénavant la place la plus importante : « [...] ah ! tiens, je n'ai que toi ! [...] je n'ai que toi, ma pauvre petite fille... » (chapitre VI)

M. KAMPF

M. Kampf est un « sec petit Juif aux yeux de feu » (chapitre I), surnommé *Feuer* (« le feu » en allemand) par ses collègues à la Bourse. Un jour, il y réalise une opération qui lui apporte subitement la fortune et qui lui permet d'installer sa famille dans un quartier élégant de Paris.

Il subit, comme Antoinette, les remarques désobligeantes de sa femme, mais tente parfois de tempérer sa mauvaise humeur et de prendre la défense de sa fille. Il finit cependant, le soir du bal, par laisser exploser ses ressentiments longtemps tus.

MISS BETTY

Miss Betty est la gouvernante anglaise d'Antoinette, engagée depuis peu. Elle est petite, a « les joues rouges, les yeux effarés et doux » (ibid.). Elle est elle aussi souvent humiliée par Mme Kampf. Elle est plutôt douce avec Antoinette, ce qui n'empêche pas cette dernière d'éprouver pour elle aussi de la haine, au même titre que les autres adultes, et de penser que c'est une « sale Anglaise » (chapitre II). En outre, la gouvernante voit un jeune homme en secret, ce qui exaspère Antoinette et déclenche sa vengeance.

Mlle ISABELLE

Mlle Isabelle est une cousine des Kampf, professeure de musique dans les riches familles. C'est « une vieille fille plate, droite et raide comme un parapluie » (*ibid.*). Elle donne des leçons de piano et de solfège à Antoinette qui prie, chaque veille de leçon, pour qu'elle meure dans la nuit. La jugeant malveillante et indiscrète, l'adolescente dit d'elle qu'elle est « mauvaise comme la gale » (ibid.).

C'est la seule personne à qui l'invitation au bal a été remise en mains propres. Elle s'y rend donc, éblouie et jalouse, puis secrètement ravie de la déroute de ses hôtes.

CLÉS DE LECTURE

SCHÉMA NARRATIF

Situation initiale : c'est le début de l'histoire, le moment où l'on plante le décor et où l'on présente les personnages ; la situation est équilibrée, c'est-à-dire qu'elle n'a aucune raison d'évoluer.

- Antoinette Kampf, âgée de 14 ans, subit les réprimandes de sa mère, méprisante et tyrannique. Ses réflexions font part de sa haine envers ses parents, un couple de nouveaux riches, et de sa soif d'être aimée.

Élément perturbateur : c'est un évènement qui vient perturber la situation initiale et qui va déclencher l'action proprement dite.

- Mme Kampf annonce qu'elle va donner un grand bal pour faire étalage de son nouveau train de vie et se faire des relations dans le grand monde.

Péripéties : ce sont les évènements provoqués par l'élément perturbateur et qui entrainent la ou les actions entreprises par le héros pour résoudre le problème.

- Antoinette aide ses parents à rédiger les invitations pour le bal, mais sa mère refuse qu'elle y assiste, à sa grande déception. Au moment de poster les invitations, la jeune fille voit sa gouvernante embrasser un jeune homme. Jalouse, elle jette les enveloppes dans la Seine. Aucun invité, à part Mlle Isabelle, ne se rend donc au bal.

Dénouement : il met un terme aux péripéties et conduit à la situation finale.

- Anéantie par l'échec de son bal, Mme Kampf prend conscience de sa bêtise et l'avoue à Antoinette, à qui elle va désormais se consacrer.

Situation finale : c'est la fin de l'histoire. La situation est à nouveau stable, comme la situation initiale, mais elle a subi des transformations.

- La mère et la fille tombent dans les bras l'une de l'autre. Cependant, les rôles s'inversent à partir de cet instant : « C'était la seconde [...] où [...] elles se croisaient, et l'une allait monter, et l'autre s'enfoncer dans l'ombre. » (chapitre VI)

UNE REPRÉSENTATION DES MŒURS DE L'ÉPOQUE

Le Bal peint la société de l'époque, et plus précisément la haute société du XXe siècle. Plusieurs thèmes sont développés dans ce roman :

- **l'argent**. Rosine se remémore l'époque où elle a connu son mari : ils n'étaient guère riches. Dans ces moments de souvenirs douloureux, celle-ci soupire et dit :

> « Ça me fait mal au cœur de penser comme il y a des gens qui vivent bien, qui sont heureux, tandis que moi, je passe les

> meilleures années de ma vie dans ce sale trou à ravauder tes chaussettes... » (chapitre I)

L'ambition de monter les échelons sociaux est déjà bien présente dans l'esprit de Mme Kampf, son mari y songe lui aussi et met tout en œuvre pour y arriver. À l'époque, l'argent est un symbole de la réussite absolue. En effet, ceux qui en possèdent appartiennent à la classe dominante et dirigeante, l'aristocratie et la haute bourgeoisie ;

- **l'apparence et le qu'en-dira-t-on**. Lorsque la fortune sourit à la famille Kampf, Rosine se lance en quête de légitimité dans la nouvelle classe à laquelle elle aimerait appartenir : l'aristocratie. Obnubilée par cette quête, elle décide de changer les habitudes au sein même du foyer. Ainsi, en présence des domestiques, « depuis plusieurs mois, les Kampf se disaient "vous" » (chapitre II) alors qu'en privé, c'est le tutoiement qui prime. Rosine fait remarquer à son mari qui dit « [se foutre] de l'opinion des domestiques » que « ce sont eux qui font les réputations en allant d'une place à une autre et en bavardant » (*ibid*.). Le mari est une des cibles de Rosine, mais Antoinette est celle qui est le plus souvent fustigée. Il est reproché à cette dernière de manquer de distinction : elle ne se tient tantôt pas assez droite, tantôt c'est sa fourchette qu'elle tient mal. Mme Kampf lui reproche également de ne pas « [se] déranger quand [elle] voit [sa] mère » (chapitre I). La scène tourne quelque peu au ridicule lorsque la mère fait une nouvelle entrée dans la salle d'étude pour qu'Antoinette se lève immédiatement : la jeune fille répète ses manières comme elle répèterait ses gammes ;

- **l'hypocrisie**. Pour assoir son entrée dans le monde, l'organisation d'un bal est un passage obligé. Mme Kampf prend donc la décision d'en organiser un et de réunir le plus de monde possible. L'objectif est d'atteindre les deux-cents convives. Pendant la rédaction des cartes d'invitation, la conversation du couple donne à voir l'envers du décor aristocrate. Les parents d'Antoinette se livrent à un véritable déballage des travers de la classe dominante : les uns sont mêlés aux « fameuses partouzes du bois de Boulogne » ou sont toujours invité avec leur « gigolo » (*ibid.*) ; les autres ont été vus « dans une maison close de Marseille » ou ont été incarcérés « pour une affaire d'escroquerie » (*ibid.*) ;

- **les « nouveaux riches ».** L'organisation d'un tel évènement laisse cependant les nouveaux venus dans l'incertitude face à ses us et coutumes. À quelques heures de l'arrivée des invités, Rosine et son mari se demandent s'il est normal de ne pas avoir reçu de réponse à leur invitation. Ils spéculent donc sur l'usage : « Eh bien, c'est que ça ne se fait pas de répondre, voilà tout ! On vient ou on ne vient pas... » (chapitre V) Nerveuse, Rosine interroge son mari pour chercher du réconfort : « Ils se seraient excusés, au moins, tu ne crois pas ? » (*ibid.*) Les interrogations vont bon train dans ce moment de tension : Rosine se demande comment elle va faire pour présenter et discuter avec des invités qu'elle ne connait que très peu, voire pas du tout.

Par sa description des mœurs de l'époque, ce court récit tient quelque peu du conte philosophique. En effet, les caractéristiques du conte philosophique sont la dimension critique des aspects de la société comme trame philosophique et le suivi d'un personnage d'enfant vers l'âge adulte à la manière d'un récit d'apprentissage.

Le lecteur lit facilement entre les lignes les reproches formulés à l'égard d'une société de l'apparence qui corrompt tous les êtes qui évoluent en son sein. La morale apparait ainsi à la fin avec le changement d'attitude de la mère et l'insensibilité d'Antoinette, qui de fillette passe à une adolescente manipulatrice, en marche vers l'âge adulte.

UN ROMAN DE L'ADOLESCENCE

Le court roman d'Irène Némirovsky peut, à première vue, s'apparenter à une nouvelle réaliste, et ce pour plusieurs raisons :

- il est bref ;
- le narrateur est extérieur à l'action (l'omniscience faisant partie des caractéristiques du réalisme et de la nouvelle réaliste) ;
- la narration est centrée sur un évènement unique, le bal ;
- les faits relatés s'inscrivent dans un contexte historique précis, les années folles à Paris (1920-1929) ;
- l'auteure décrit un milieu social de manière précise et réaliste, celui des nouveaux riches.

Mais les longs passages introspectifs consacrés aux réflexions du personnage principal, Antoinette, qui livrent au lecteur les pensées secrètes de la jeune fille, font du récit un roman de l'adolescence, genre en vogue au début du XXᵉ siècle. *Le Bal* peut ainsi, par exemple, être rapproché des *Enfants terribles* de Jean Cocteau (écrivain et cinéaste français, 1889-1963), publié en 1929. Ce type de roman érige des personnages d'adolescents en héros littéraires et aborde les thèmes suivants :

- la construction difficile de la personnalité pendant cette période charnière entre l'enfance et l'âge adulte ;
- le conflit et la révolte vis-à-vis des générations précédentes ;
- la projection dans un avenir autonome, libéré de la contrainte familiale.

Les passages sont nombreux dans *Le Bal* où Antoinette fait part au lecteur de son sentiment d'incompréhension à l'égard des adultes et de sa révolte : « Sales égoïstes, hypocrites, tous, tous... » (p. 34) ; « De quel droit ils l'envoyaient se coucher, la punissaient, l'injuriaient ? Ah ! je voudrais qu'ils meurent », s'exclame-t-elle (*ibid.*). Elle s'imagine alors transportée dans un autre monde : « Elle avait quatorze ans, elle était une jeune fille, et, dans ses rêves, une femme aimée et belle... Des hommes la caressaient, l'admiraient... » (*ibid.*) Ces caractéristiques font du *Bal* une œuvre à laquelle de nombreux jeunes lecteurs peuvent s'identifier.

UN ROMAN AUTOBIOGRAPHIQUE ?

Le Bal met en scène le quotidien d'une famille nouvellement riche. Autour d'une fille unique, les parents semblent plus soucieux de leur ascension sociale que du bienêtre de leur enfant, en particulier la mère. S'ajoute, au sein de cette famille, une gouvernante qui s'occupe essentiellement d'Antoinette, la fille. Ce portrait familial dépeint sans complaisance le foyer dans lequel a grandi Irène Némirovsky.

Antoinette et Irène ont ainsi des parcours assez similaires :

- **le déracinement**. Les deux jeunes filles sont âgées d'environ 14 ans lorsque leur vie bascule. Alors qu'Antoinette découvre le luxe et le faste d'un nouvel appartement dans un quartier cossu parisien, Irène doit quitter sa Russie natale pour la capitale française. Son père, dont la tête est mise à prix par les révolutionnaires, décide de mettre sa famille à l'abri en quittant précipitamment le pays. Les adolescentes vivent donc un déracinement – social pour Antoinette, géographique pour Irène – au même moment de leur existence ;
- **la figure paternelle**. Toutes deux sont filles de banquiers juifs : leurs pères ont fait fortune dans les affaires en travaillant à la Bourse. Par ailleurs, le père d'Antoinette est décrit comme « un sec petit Juif aux yeux de feu [travaillant] à la Bourse » (chapitre I). Celui d'Irène, Leonid, parvient à établir sa fortune une fois arrivé à Paris avec sa famille ;
- **la figure maternelle**. Tout comme Antoinette, l'auteure n'a pas vécu une relation des plus douces et affectueuses avec sa mère. Enseignante, cette dernière a éduqué sa fille de manière très stricte et sans effusion de sentiments. Elle s'inquiétait davantage de son éducation et de sa culture que de ses préoccupations d'enfant. À l'instar de Rosine, les inquiétudes de la mère d'Irène se concentrent principalement dans le domaine de l'instruction : les compliments et encouragements de sa part étaient très rares. Ainsi, il semble que l'unique compliment adressé à Antoinette par sa mère ait trait à son écriture : « C'est vrai qu'elle a une très jolie écriture, très formée... »

(chapitre II) ;

- **la position de la gouvernante.** Privées de l'affection maternelle, Antoinette et Irène peuvent compter sur leur gouvernante pour tenter de combler ce manque. Malgré le ressentiment qu'Antoinette éprouve pour Miss Betty, celle-ci ne cesse de se soucier de celle qu'elle appelle affectueusement « chérie » (chapitre IV). Irène, quant à elle, avait deux gouvernantes : l'une française et l'autre anglaise. Ces deux femmes ont été engagées par Anna Némirovsky qui n'a jamais eu envie de se consacrer à sa fille.

Au fil de l'œuvre, le lecteur peut ainsi difficilement faire abstraction des nombreuses analogies avec l'enfance de l'auteure. Antoinette, Rosine et Alfred Kampf peuvent dès lors être considérés comme les *alter ego* fictifs de la famille Némirovsky.

LA RELATION MÈRE-FILLE

La relation mère-fille se déconstruit au fil du roman à mesure que grandit l'incompréhension entre Rosine et Antoinette.

L'adolescence est en effet une période délicate dans la relation parents-enfants : les choses s'enveniment souvent et la rivalité s'immisce dans la relation. Ainsi, dans *Le Bal* :

- Antoinette s'oppose à tout ce qui vient des adultes, en particulier ce qui vient de sa mère qu'elle a eu envie de tuer en songes à plusieurs reprises. Sa mère fait l'objet d'une colère plus intense, notamment car elle la réprimande et l'infantilise davantage que les autres adultes.

Même les paroles douces et rassurantes de sa gouvernante sonnent faux dans ses oreilles d'adolescente : « Vous pourriez me répondre, ma chérie » (chapitre III), et Antoinette de grimacer en s'exclamant « sale Anglaise ! » (*ibid.*). Antoinette est en réalité à l'aube de l'adolescence : elle souhaite être libérée de toutes les contraintes imposées par les adultes, représentés dans le roman par sa mère, pour vivre comme une femme aimée. Cependant, elle garde des réactions excessives (comme ses colères) dignes d'une enfant :

> « Mais elle se rappelait la main levée. "Si elle m'avait touchée, je la griffais, je la mordais, et puis… on peut toujours s'échapper… et pour toujours… la fenêtre" pensa-t-elle fiévreusement. » (chapitre III)

Cette oscillation entre des attitudes extrêmes – Antoinette est au départ très effacée par rapport aux réflexions, puis elle se rebelle intérieurement et agit – correspond à l'indécision d'une enfant qui entre dans la période critique de l'adolescence, partagée entre la volonté de s'émanciper et l'incapacité de contrôler ses sentiments ;

- la mère semble, quant à elle, être jalouse de sa fille qui devient femme. Elle a dû attendre de longues années avant de connaitre les joies de la vie et entend bien en profiter : « Apprends, ma petite, que je commence seulement à vivre, moi, tu entends, moi, et que je n'ai pas l'intention de m'embarrasser de sitôt d'une fille à marier. » (chapitre II) Elle la considère toujours comme « sa petite », c'est-à-dire comme une enfant. Cette attitude montre la frustration de cette mère qui sent sa jeunesse lui échapper, mais également son égoïsme.

D'autre part, les deux personnages féminins sont décrits de manière ambivalente. Deux points de vue s'affrontent, mettant en relief les caractères respectifs de Rosine et d'Antoinette Kampf :

- si le lecteur s'en tient aux réflexions d'Antoinette, Rosine passe pour une mère indigne et détestable. Ainsi, face aux nombreuses réprimandes de sa mère, Antoinette ne dit rien, mais fulmine très souvent en pensées. La jeune fille a « gardé au plus profond d'elle-même le son, les éclats d'une voix irritée passant par-dessus sa tête [d'enfant] » (chapitre I). Le lecteur est tenté de penser qu'Antoinette a toutes les raisons du monde de haïr cette femme qui ne semble jamais l'avoir aimée, pas même dans sa plus tendre enfance ;
- cependant, des informations viennent contrebalancer le point de vue de l'adolescente. Elles sont disséminées dans le roman par le narrateur, nous révélant une Antoinette plus machiavélique qu'il n'y parait. Ainsi, alors qu'elle fulmine contre sa mère, le narrateur prend le temps d'ajouter : « Autrefois, quand Antoinette était plus petite, sa mère l'avait prise souvent sur ses genoux, contre son cœur, caressée et embrassée. Mais cela Antoinette l'avait oublié. » (*ibid.*) L'adolescente devient impitoyable dès lors que sa vengeance se réalise : face au désarroi de sa mère en pleurs, « Antoinette n'était pas touchée ; elle ne ressentait rien d'autre qu'une sorte de dédain, d'indifférence méprisante » (chapitre VI). Elle ressent même une certaine puissance face à la futilité de ce qui faisait

souffrir sa mère.

Ces exemples semblent illustrer le décalage qui existe entre la mère et la fille. Pourtant, toutes deux se ressemblent.

Antoinette ne cesse de reprocher à sa mère sa froideur et sa méchanceté. Néanmoins, la jeune fille fait elle aussi preuve de méchanceté. Ainsi, à la fin du récit, lorsque sa mère craque, l'adolescente n'a aucune pitié. Elle ne s'adoucit pas à la vue de la fêlure de sa mère ni à l'écoute de la déclaration d'amour qu'elle lui fait. Elle semble froide et jubile même de ce nouveau pouvoir : elle ne tremblera plus devant les adultes.

Mère et fille sont également à l'image l'une de l'autre :

> « Elle serrait violemment les mains en parlant, d'un geste tellement identique à celui d'Antoinette en colère, que la petite, immobile sur le seuil, tressaillit brusquement, comme quand on se trouve, à l'improviste, devant un miroir. » (chapitre V)

Finalement, tant dans leur égocentrisme exacerbé que dans leurs attitudes, mère et fille se ressemblent bien plus qu'elles ne pourront jamais l'admettre.

La fin du roman confie la suite aux bons soins imaginatifs du lecteur. Ce dernier pourra ainsi vouloir arranger définitivement les choses en rapprochant les deux femmes, ou pourra laisser Antoinette prendre le dessus et continuer à exercer sa vengeance. Toutefois, rien ne dit non plus qu'Antoinette ne s'adoucira pas en grandissant ou même, qu'elle profitera abondamment du pouvoir de manipulation qu'elle s'est découvert.

RÉCEPTION DE L'ŒUVRE

Dans les années trente, Irène Némirovsky publie plusieurs romans qui reçoivent un accueil très chaleureux. *Le Bal* fait partie de ces publications qui sont encensées.

Le succès est tel que Paul Reboux (écrivain et journaliste français, 1877-1963) voit en elle une nouvelle Colette (femme de lettres française, 1873-1954) et que *Les Nouvelles littéraires* (journal littéraire et artistique français, 1922-1985) n'hésitent pas à la qualifier de Joseph Conrad français (écrivain anglais d'origine polonaise, 1857-1924) (« Némirovsky Irène » in *Institut Mémoires de l'édition contemporaine*).

Jugé tantôt dérangeant, tantôt exaltant, ce roman ne laisse encore aujourd'hui pas indifférent. Il traite de sujets qui semblent tout à fait contemporains : la révolte adolescente ainsi que la volonté d'attirer l'attention face au désintérêt, voire au désamour, parental.

PISTES DE RÉFLEXION

QUELQUES QUESTIONS POUR APPROFONDIR SA RÉFLEXION...

- Dans le chapitre I, Antoinette rêve que des hommes la caressent et l'admirent. Expliquez pourquoi Antoinette fait ce rêve.
- Le personnage d'Antoinette est développé dans toutes ses nuances. Décrivez sa personnalité.
- Le roman s'intéresse aux mœurs aristocratiques du XXe siècle. Quelles sont-elles ? Expliquez-les avec des extraits.
- Quel est le rôle du bal dans la société de l'époque ?
- Antoinette déteste sa mère, mais aussi tous les adultes. Que leur reproche-t-elle ? Est-elle objective ? Appuyez vos réponses d'extraits du roman.
- *Le Bal* décrit la période charnière de l'entrée dans l'adolescence. Quelles attitudes d'Antoinette sont marquées du sceau de l'enfance ? Lesquelles la rapprochent de l'âge adulte ?
- Quelles traces autobiographiques sont présentes dans le roman ? Relevez-les et mettez-les en lien avec les évènements de la vie de l'auteure.
- La fin du roman reste assez ouverte. Quelle(s) suite(s) pourriez-vous donner à l'histoire ?
- Quel(s) lien(s) pourrai(en)t être fait(s) entre le tableau de James Tissot (peintre et graveur français, 1836-1902), intitulé *Le Bal*, et le roman éponyme de Némirovsky ? Expliquez votre réponse.
- Comparez *César Birotteau* (1837) de Balzac (écrivain fran-

çais, 1799-1850) avec *Le Bal*. Qu'est-ce qui rapproche ces
deux ouvrages ? Expliquez votre réponse.

Votre avis nous intéresse !
Laissez un commentaire sur le site de votre librairie en ligne
et partagez vos coups de cœur sur les réseaux sociaux !

POUR ALLER PLUS LOIN

ÉDITIONS DE RÉFÉRENCE

- NÉMIROVSKY I., *Le Bal*, Paris, Hachette, coll. « Bibliocollège », 2005.
- NÉMIROVSKY I., *Le Bal*, Paris, Éditions France Loisirs, 2005.

ÉTUDES DE RÉFÉRENCE

- « Commentaire : *Le Bal* d'Irène Nemirovsky », in *E&N, éducation et numérique*, consulté le 5 janvier 2017, https://www.education-et-numerique.org/commentaire-le-bal-nemirovsky-bac-francais/
- « Némirovsky, Irène », in *Institut Mémoires de l'édition contemporaine (IMEC)*, consulté le 21 janvier 2017, https://www.imec-archives.com/fonds/nemirovsky-irene/

ADAPTATION

- *Le Bal*, film de Wilhelm Thiele avec Danielle Darrieux, Germaine Dermoz et André Lefaur, France, 1931.

SUR LEPETITLITTÉRAIRE.FR

- Fiche de lecture sur *Suite française* d'Irène Némirovsky.
- Questionnaire de lecture sur *Le Bal*.

Retrouvez notre offre complète sur lePetitLittéraire.fr

- des fiches de lectures
- des commentaires littéraires
- des questionnaires de lecture
- des résumés

ANOUILH
- Antigone

AUSTEN
- Orgueil et Préjugés

BALZAC
- Eugénie Grandet
- Le Père Goriot
- Illusions perdues

BARJAVEL
- La Nuit des temps

BEAUMARCHAIS
- Le Mariage de Figaro

BECKETT
- En attendant Godot

BRETON
- Nadja

CAMUS
- La Peste
- Les Justes
- L'Étranger

CARRÈRE
- Limonov

CÉLINE
- Voyage au bout de la nuit

CERVANTÈS
- Don Quichotte de la Manche

CHATEAUBRIAND
- Mémoires d'outre-tombe

CHODERLOS DE LACLOS
- Les Liaisons dangereuses

CHRÉTIEN DE TROYES
- Yvain ou le Chevalier au lion

CHRISTIE
- Dix Petits Nègres

CLAUDEL
- La Petite Fille de Monsieur Linh
- Le Rapport de Brodeck

COELHO
- L'Alchimiste

CONAN DOYLE
- Le Chien des Baskerville

DAI SIJIE
- Balzac et la Petite Tailleuse chinoise

DE GAULLE
- Mémoires de guerre III. Le Salut. 1944-1946

DE VIGAN
- No et moi

DICKER
- La Vérité sur l'affaire Harry Quebert

DIDEROT
- Supplément au Voyage de Bougainville

DUMAS
- Les Trois
  Mousquetaires

ÉNARD
- Parlez-leur
  de batailles,
  de rois et
  d'éléphants

FERRARI
- Le Sermon sur la
  chute de Rome

FLAUBERT
- Madame Bovary

FRANK
- Journal
  d'Anne Frank

FRED VARGAS
- Pars vite et
  reviens tard

GARY
- La Vie devant soi

GAUDÉ
- La Mort du
  roi Tsongor
- Le Soleil des
  Scorta

GAUTIER
- La Morte
  amoureuse
- Le Capitaine
  Fracasse

GAVALDA
- 35 kilos d'espoir

GIDE
- Les
  Faux-Monnayeurs

GIONO
- Le Grand
  Troupeau
- Le Hussard
  sur le toit

GIRAUDOUX
- La guerre de
  Troie
  n'aura pas lieu

GOLDING
- Sa Majesté des
  Mouches

GRIMBERT
- Un secret

HEMINGWAY
- Le Vieil Homme
  et la Mer

HESSEL
- Indignez-vous !

HOMÈRE
- L'Odyssée

HUGO
- Le Dernier Jour
  d'un condamné
- Les Misérables
- Notre-Dame
  de Paris

HUXLEY
- Le Meilleur
  des mondes

IONESCO
- Rhinocéros
- La Cantatrice
  chauve

JARY
- Ubu roi

JENNI
- L'Art français
  de la guerre

JOFFO
- Un sac de billes

KAFKA
- La Métamorphose

KEROUAC
- Sur la route

KESSEL
- Le Lion

LARSSON
- Millenium 1. Les
  hommes qui
  n'aimaient pas
  les femmes

LE CLÉZIO
- Mondo

LEVI
- Si c'est un
  homme

LEVY
- Et si c'était vrai…

MAALOUF
- Léon l'Africain

MALRAUX
- La Condition
  humaine

MARIVAUX
- La Double
  Inconstance
- Le Jeu de l'amour
  et du hasard

MARTINEZ
- Du domaine
  des murmures

MAUPASSANT
- Boule de suif
- Le Horla
- Une vie

MAURIAC
- Le Nœud
  de vipères

MAURIAC
- Le Sagouin

MÉRIMÉE
- Tamango
- Colomba

MERLE
- La mort est
  mon métier

MOLIÈRE
- Le Misanthrope
- L'Avare
- Le Bourgeois
  gentilhomme

MONTAIGNE
- Essais

MORPURGO
- Le Roi Arthur

MUSSET
- Lorenzaccio

MUSSO
- Que serais-je
  sans toi ?

NOTHOMB
- Stupeur et
  Tremblements

ORWELL
- La Ferme
  des animaux
- 1984

PAGNOL
- La Gloire de
  mon père

PANCOL
- Les Yeux jaunes
  des crocodiles

PASCAL
- Pensées

PENNAC
- Au bonheur
  des ogres

POE
- La Chute de la
  maison Usher

PROUST
- Du côté de
  chez Swann

QUENEAU
- Zazie dans
  le métro

QUIGNARD
- Tous les matins
  du monde

RABELAIS
- Gargantua

RACINE
- Andromaque
- Britannicus
- Phèdre

ROUSSEAU
- Confessions

ROSTAND
- Cyrano de
  Bergerac

ROWLING
- Harry Potter à
  l'école des sor-
  ciers

SAINT-EXUPÉRY
- Le Petit Prince
- Vol de nuit

SARTRE
- Huis clos
- La Nausée
- Les Mouches

SCHLINK
- Le Liseur

SCHMITT
- La Part de l'autre
- Oscar et la Dame rose

SEPULVEDA
- Le Vieux qui lisait des romans d'amour

SHAKESPEARE
- Roméo et Juliette

SIMENON
- Le Chien jaune

STEEMAN
- L'Assassin habite au 21

STEINBECK
- Des souris et des hommes

STENDHAL
- Le Rouge et le Noir

STEVENSON
- L'Île au trésor

SÜSKIND
- Le Parfum

TOLSTOÏ
- Anna Karénine

TOURNIER
- Vendredi ou la Vie sauvage

TOUSSAINT
- Fuir

UHLMAN
- L'Ami retrouvé

VERNE
- Le Tour du monde en 80 jours
- Vingt mille lieues sous les mers
- Voyage au centre de la terre

VIAN
- L'Écume des jours

VOLTAIRE
- Candide

WELLS
- La Guerre des mondes

YOURCENAR
- Mémoires d'Hadrien

ZOLA
- Au bonheur des dames
- L'Assommoir
- Germinal

ZWEIG
- Le Joueur d'échecs

www.lepetitlitteraire.fr

ISBN version numérique : 978-2-8062-9280-3
ISBN version papier : 978-2-8062-9281-0
Dépôt légal : D/2017/12603/3

Avec la collaboration de Florence Balthasar pour l'étude des personnages d'Antoinette Kampf et de Mme Kampf, pour les chapitres « Une représentation des mœurs de l'époque », « Un roman autobiographique », « La relation mère-fille » et « Réception de l'œuvre » ainsi que pour les pistes de réflexion.

Conception numérique : Primento,
le partenaire numérique des éditeurs.

Ce titre a été réalisé avec le soutien de la Fédération Wallonie-Bruxelles, Service général des Lettres et du Livre.